MISTERIOS DE EXCURSIÓN

El maestro que olvidaba casi todo

por
Steve Brezenoff
★
Ilustraciones de
C.B. Canga

Misterios de excursión está publicado por Stone Arch Books,
una imprenta de Capstone
1710 Roe Crest Drive
North Mankato, Minnesota 56003
www.capstonepub.com

Los datos de CIP (Catalogación previa a la ublicación, CIP) de la Biblioteca del Congreso se encuentran disponibles en el sitio web de la Biblioteca.
ISBN 978-1-4965-8540-0 (library binding)
ISBN 978-1-4965-8559-2 (ebook PDF)

Translated into the Spanish language by Aparicio Publishing

Printed in the United States of America.
PA70

Directora creativa:
Heather Kindseth
Diseñadora gráfica:
Carla Zetina-Yglesias

Resumen:
Catalina "Cat" Duran y su clase van a ir de excursión al centro de reciclaje y no les apetece nada Pero cuando llegan, ¡descubren que la planta de reciclaje ha sido saboteada! Cat y sus amigos deben resolver el misterio (¡y ayudar a salvar el planeta!).

CONTENIDO

Catalina Duran
Conocida como: Cat
Fecha de nacimiento:
15 de febrero
POSICIÓN: 6° grado
INTERESES:
Animales, ser "verde", excursiones
ASOCIADOS CONOCIDOS:
Archer, Samantha; Garrison, Edward;
y Shoo, James.
¿No pasan demasiado tiemp
juntos estos estudiantes?
NOTAS:
Catalina les cae bien a casi
todos sus maestros y compañeros.
Suena a chica problemática.

CAPÍTULO
UNO

MARTES POR LA MAÑANA

Me llamo
Catalina Duran,
pero todos me llaman
Cat,
como ese animal tan lindo y peludo.
Pero yo no soy peluda.

Mis amigos y yo hemos vivido muchas aventuras. Lo raro es que siempre ocurren durante las excursiones. Cuando vamos de excursión, parece que siempre hay robos o se rompe algo o falta algo.

Por alguna razón, ¡mis amigos y yo tenemos muy buen ojo para resolver esos crímenes!

¿Quiénes son mis amigos? Tengo tres íntimos amigos. Samantha Archer, a la que llamamos Sam. James Shoo, al que llamamos Gum. Y Edward Garrison, al que llamamos Egg. ¿Qué quieres que te diga? Nos gustan los apodos.

Hoy estoy aquí para contarte lo que pasó durante lo que se suponía que era una mañana normal de martes.

Yo estaba sentada en los escalones de la escuela con Gum.

—¿Ya es viernes? —preguntó Gum.

Me reí y contesté: —Solo es martes, Gum. Falta mucho para el viernes.

Gum y yo solemos ser los primeros del grupo en llegar a la escuela. Los dos vivimos cerca y vamos caminando. A mí me demora unos cinco minutos, y a Gum no mucho más.

Justo entonces, aparecieron Sam y Egg. Los frenos del autobús chirriaron muy fuerte. Gum y yo nos tapamos los oídos.

Sam y Egg salieron de último del autobús. Siempre se sientan juntos en la parte de atrás.

—Buenos días —dijo Egg. Se llevó la cámara a la cara y nos tomó una foto. Egg siempre lleva su cámara a todas partes.

—Buenos días —contesté.

Egg miró su reloj. —Vamos a clase —dijo—. ¡No quiero que el Sr. Neff se vaya sin nosotros!

—¿Irse sin nosotros? —pregunté—. ¿De qué estás hablando?

—¡A lo mejor lo hace! —dijo Sam—. El Sr. Neff es tan despistado que nos podría dejar aquí.

James se rio. —Sí —dijo—. ¿Se acuerdan el día que llegó con un traje de chaqueta y se olvidó de la camisa?

Sonreí. —Estaba muy chistoso con la chaqueta y la corbata —añadí.

Unos minutos más tarde, fuimos a la clase de ciencias del Sr. Neff. Tenemos ciencias con él todos los martes por la mañana.

Otras mañanas tenemos distintas clases, como arte, música o gimnasia. El resto del tiempo lo pasamos en nuestro salón de clases con el Sr. Spade, nuestro maestro de sexto grado.

El Sr. Spade nos llevaba por el pasillo en dirección a la clase del Sr. Neff. Su salón de ciencias se puede oler de lejos. ¡Apesta a químicos! Aunque a mí no me molesta. Me gusta la clase de ciencias. Y me cae muy bien el Sr. Neff.

Al Sr. Neff le gustan los animales tanto como a mí, creo. Además siempre nos enseña nuevas maneras de ser verdes y ayudar al medio ambiente. Él está en un comité especial de la ciudad para asegurarse de que la comunidad recicla y es ecológica.

Un día, nos contó que había ayudado al comité a ganar una demanda contra el basurero de la ciudad.

Consiguieron que fuera ilegal llevar al basurero el material que se puede reciclar. Eso quiere decir que nuestra ciudad tenía que reciclar un montón de cosas en lugar de botarlas. A mí me pareció que estaba muy bien.

—¿Qué decía antes Egg? —le dije a Sam mientras caminábamos—. ¿Que el Sr. Neff se iría sin nosotros?

—¿No te acuerdas, Cat? —contestó Sam—. ¡Hoy vamos de excursión!

Pensé un momento. —¡Es cierto! —dije—. A la planta de reciclaje de la ciudad. ¡No me puedo creer que lo olvidé!

Sam asintió. —Sí, pensé que estarías emocionada —dijo.

—¡Lo estoy! —contesté. Realmente lo estaba. No sé por qué me olvidé, la excursión a la planta de reciclaje era muy importante para mí.

El Sr. Neff nos ha enseñado mucho sobre el reciclaje. Dijo que el mundo sería un lugar mejor si la gente no tuviera que reciclar, si todos dejáramos de usar cosas de plástico y solo usáramos cosas biodegradables.

Pero hasta entonces, dijo, es importante reciclar.

Como dije antes, me encantan los animales. Y también me encanta cualquier cosa que los ayude, como reciclar.

Así que me puse muy contenta cuando Sam me recordó la excursión.

—¿Crees que nos mostrarán cómo se recicla el plástico para hacer alfombras? —pregunté—. ¡Ojalá que sí!

Los otros se encogieron de hombros.

—A lo mejor vemos cómo derriten las latas de aluminio y las convierten en aluminio nuevo —continué—. El aluminio es fácil de reciclar. ¡Eso sería genial!

Mis amigos me miraron. Por alguna razón, no parecían tan emocionados como yo.

—No me importa lo que piensen —dije por fin—. ¡Esta excursión va a ser increíble!

En ese momento no tenía ni idea de lo increíble que iba a ser.

UN VIAJE LARGO

—Muy bien, niños —dijo el Sr. Neff mientras el autobús daba saltos—. Vamos a pasar lista para comprobar que no falta nadie.

—¿Va a pasar lista ahora? —me susurró Gum. Los cuatro estábamos sentados en los dos asientos de atrás. Yo compartía uno con Gum, y Sam y Egg estaban al otro lado del pasillo.

—¿Cuál es el problema? —pregunté.

—¿No es un poco tarde si hemos dejado a alguien atrás? —dijo Gum.

Me reí. —Sí —dije—. ¡Además, el Sr. Neff nunca se acuerda de nuestros nombres!

El Sr. Neff echó un vistazo al autobús. —Empezaré por los de atrás —dijo, mirándonos a los cuatro.

El Sr. Neff es despistado, pero a todos nos cae muy bien. Es simpático y muy divertido. Además es el único maestro que nos llama por nuestros apodos. Eso es genial. El problema es que ¡casi nunca se acuerda de nuestros apodos!

—Muy bien, ¿Kit? —dijo, mirándome.

Nadie contestó.

—Um —intentó de nuevo el Sr. Neff sin apartarme la vista—. ¿Perrito?

Levanté lentamente la mano. —¿Quiere decir "Cat", como gato en inglés, Sr. Neff? —pregunté.

El Sr. Neff parecía confundido, pero después sonrió. —Eso es, Cat —dijo.

—Aquí —contesté con una sonrisa.

Siguió así durante el resto del viaje. Llamó a Gum "Dulce", a Egg "Queso" y después "Leche". Por lo menos consiguió decir bien el nombre de Sam a la primera.

Por enésima vez,
el Sr. Neff dijo:

—Lo siento, chicos.
Las caras
se me dan bien, ¡pero soy
un desastre
con los nombres!

Cuando el autobús estaba llegando a la planta de reciclaje, una pelota de béisbol rodó por el suelo del autobús hasta la parte de delante. Le dio al Sr. Neff en el pie. Egg tomó una foto.

—¿Qué es esto? —dijo el Sr. Neff, agachándose para recogerla.

—Es mía, Sr. Neff —contestó Anton Gutman. Es el malo de la clase. Siempre se ríe de todos y causa problemas a los maestros.

—¿Por qué tienes una pelota de béisbol, Andrew? —preguntó el Sr. Neff acercándose al asiento de Anton.

—Anton —le corrigió Anton.

—Sí, eso —dijo el Sr. Neff impacientemente—. ¿Por qué tienes una pelota de béisbol?

—En realidad tengo tres pelotas de béisbol —dijo Anton sonriendo, mientras le quitaba la pelota al Sr. Neff.

—¿Por qué? —insistió el Sr. Neff. Se notaba que se estaba enojando.

—Son para el partido después de la escuela —contestó Anton—. Esa se cayó de mi bolsa. Fue un accidente.

—Que no vuelva a pasar —dijo el Sr. Neff. Entonces el autobús se detuvo. Todos nos alzamos rápidamente.

—Muy bien, todos afuera —anunció el Sr. Neff.

Nos reunimos en la acera, delante de la planta. En ese momento, salió corriendo un señor de la planta.

—¡Se cancela la excursión! —gritó.

—¿Qué? —dijo el Sr. Neff. Todos nos quedamos de piedra.

—Lo siento —contestó el señor—. ¡No hay excursión! La planta de reciclaje de la ciudad está cerrada, ¡quizás para siempre!

¡EXCURSIÓN CANCELADA!

—Esta excursión se planeó hace meses —dijo el Sr. Neff—. No pueden cancelarla ahora que estamos aquí.

El señor se secó la frente sudorosa con un pañuelo. —¿Es usted el Sr. Neff, el maestro de ciencias? —preguntó.

—Así es —contestó el Sr. Neff—. ¿Cuál es el problema exactamente? —El Sr. Neff miró por detrás del señor alto para intentar ver el interior de la planta.

—Sr. Neff, yo soy Joe Astor —dijo el señor. Extendió la mano y el Sr. Neff se la estrechó—. Soy el supervisor de turno.

—Un placer conocerlo, Sr. Astor —contestó el Sr. Neff—. Me gustaría que me contara el problema.

—Bien —dijo el Sr. Astor—, esta mañana se averiaron de repente varias máquinas de la planta.

—¿Se averiaron? —preguntó Gum—. ¿Cómo?

El Sr. Astor miró a Gum y se encogió de hombros. —No lo sabemos —dijo el supervisor—, pero el nuevo jefe está muy enojado. Es su primer día de trabajo en la planta de reciclaje ¡y todo está saliendo mal! No puedo dejar que entre una clase de sexto grado.

El Sr. Neff se adelantó un poco y habló en voz baja. —Podríamos hacer una visita muy rápida —dijo—. Podemos ver las máquinas aunque no funcionen.

El Sr. Astor frunció el ceño. —No sé —dijo lentamente.

—El nuevo jefe ni se enterará de que estamos aquí —dijo el Sr. Neff y sonrió astutamente.

El Sr. Astor pensó durante un momento. —Está bien —susurró—. Los dejaré entrar, ¡pero va a ser una visita muy rápida!

Toda la clase vitoreó. El Sr. Astor pegó un salto de tres metros.

—¡Silencio! —gritó—. ¡Diga a sus estudiantes que estén en silencio!

EL JEFE DE LA PLANTA

Todos seguimos al Sr. Neff y al Sr. Astor hasta la planta de reciclaje, intentando no hacer ruido. Entramos en una sala grande. Había un par de sofás cómodos y una alfombra verde y gruesa. Vimos varias puertas cerradas. También había tres escritorios en la sala. Cada uno tenía una pequeña computadora y el nombre de una persona. Uno de ellos pertenecía al Sr. Astor.

El último estudiante que entró en la planta cerró la puerta principal intentando no hacer ruido.

—Gracias por dejarnos entrar, Sr. Astor —susurré. Yo estaba delante del grupo.

El sudoroso supervisor me miró y sonrió. Tenía la cara roja. Se notaba que estaba teniendo un mal día.

—De nada, jovencita —susurró.

El Sr. Astor observó al resto de los estudiantes. —Esta es la sala de entrada a la oficina principal —dijo incluso más bajo—. Aquí tenemos que estar muy callados —añadió.

—¿Por qué? —susurró Egg que estaba a mi lado. Creo que nadie más lo oyó.

—La oficina del jefe de la planta está detrás de esa puerta —contestó el Sr. Astor lo más bajo que pudo.

El Sr. Astor señaló
una puerta de madera
muy elegante
al otro lado de la sala.
Tenía un marco dorado
y una placa con un nombre.
En la placa decía:
"Sr. Greenstreet".

De pronto, oí unas risitas detrás de mí. Miré por encima del hombro.

Anton Gutman y dos de sus horribles amigos estaban en la parte de atrás del grupo. Se estaban riendo.

Sam se acercó a mí sin apartar la vista de los malandrines. —Siempre juntos esos tres —dijo.

Sam siempre dice cosas raras como esa. Las oye en las películas antiguas que ve con sus abuelos. Ella vive con sus abuelos. Pero antes de que pudiera preguntarle qué quería decir, oí un golpe muy fuerte.

Detrás de nosotros, Anton y sus amigos casi se caen al piso de la risa. Miré a mi alrededor y vi una pelota de béisbol que salía rebotando desde la elegante puerta del jefe. Supongo que eso fue lo que hizo el ruido.

La pelota rebotó hasta el escritorio del Sr. Aston. Creo que solo la vimos Sam y yo.

Pero todos habían oído el ruido, incluso el jefe de la planta.

De pronto, la puerta se abrió de par en par y de allí salió un señor de mal humor. Llevaba un sombrero grande y tenía un bigote muy chistoso.

—¿Qué demonios fue eso? —gritó enojado.

Entonces se detuvo al ver al grupo de sexto grado.

El Sr. Astor intentó sonreír. Le oí tragar nerviosamente.

El jefe se quedó delante de nosotros, mirándonos, uno por uno. Egg le tomó una foto.

—Señor —dijo el Sr. Astor—. Esta es la clase de ciencias del Sr. Neff.

El jefe miró al Sr. Astor, que se sonrojó.

—Hoy era el día de su visita —añadió el Sr. Astor.

—Así es —dijo el Sr. Neff—. Estábamos deseando venir.

—Visita... —murmuró el jefe—. Ya veo.

Después le clavó la mirada al Sr. Neff. Por un instante, pensé que el jefe iba a volver a gritar. Sin embargo, de pronto sonrió y se acercó rápidamente al Sr. Neff.

—¡Sr. Neff! —dijo el jefe muy alegre—. ¡Es un placer conocerlo!

El Sr. Neff le sonrió y le estrechó la mano. —El placer el mío —dijo—. Me da la sensación de que nos hemos conocido antes, pero no logro recordar dónde.

El jefe pensó un momento. —¿De verdad? —preguntó.

El Sr. Neff asintió. —Sí, seguro —dijo—. ¡Nunca olvido un rostro! Pregunte a mi clase.

Todos asentimos para apoyar a nuestro maestro. Se le daban mal los nombres, pero todos sabíamos que siempre recordaba un rostro.

—Usted es el Sr. Dallas, ¿verdad? —preguntó el Sr. Neff.

El jefe negó con la cabeza.

—Hmmm. ¿Sr. Austin? —intentó de nuevo el Sr. Neff.

—No. Me llamo
Sr. Greenstreet,
y no nos hemos conocido antes
—dijo el jefe.

El Sr. Neff parecía confundido. —Estoy seguro de que era Dallas o Austin —murmuró para sus adentros—. O quizás Arlington...

—Bueno, espero que disfruten de la visita —dijo el Sr. Greenstreet—. Tengo que volver al trabajo. Ah, ¿les dijo el Sr. Aston que casi todas las máquinas están averiadas? Hoy la planta no está en funcionamiento.

—Sí —contestó el Sr. Neff—. Es una lástima que los chicos no puedan ver la planta en acción.

El Sr. Greenstreet se encogió de hombros. —No se puede hacer nada —dijo y sin más regresó a su oficina y cerró la puerta.

¡EXPULSADOS!

La verdad es que la visita a la planta no resultó muy interesante. No estuvo mal ver las montañas de plástico, metal y papel, pero como las máquinas no funcionaban y no procesaban los materiales, no había mucho que ver.

Los trabajadores de la planta básicamente estaban ahí sin hacer nada. Egg tomó fotos de las máquinas y de los trabajadores, pero hasta Egg estaba aburrido. Y Egg casi nunca se aburre cuando tiene su cámara.

Cuando llegó la hora del almuerzo, estábamos deseando ir a la zona de pícnic a tomar aire fresco. El Sr. Neff se quedó en el edificio para hablar con el Sr. Astor.

—Esta es la peor excursión del mundo —dijo Gum mientras abría su almuerzo—. ¡Qué pérdida de tiempo!

Sam se encogió de hombros. —Es mejor que pasar calor en el salón de clases —dijo.

—Supongo —asintió Gum.

Mientras comíamos nuestros sándwiches, llegó un camión a la zona de descarga. El motor sonó y después se detuvo. El conductor salió del camión.

Justo entonces, el Sr. Astor salió corriendo por la puerta de la zona de descarga. —¡Alto! —gritó—. ¡Un momento, por favor!

—¿Qué ocurre, Joe? —preguntó el conductor. Estaba listo para descargar un montón de material reciclable en la zona de descarga. Después, las botellas y las latas, o lo que hubiera en el camión, serían clasificadas antes de meterlas en la planta.

—Se nos está acumulando el trabajo —dijo el Sr. Astor—. Todas las máquinas están averiadas. No podemos aceptar más material para reciclar.

El conductor se rascó la cabeza. —¿Y qué se supone que voy a hacer con esta carga? —preguntó señalando su camión.

El Sr. Astor respiró hondo y se secó el sudor de la frente. —Me temo que la tendrás que llevar al de Houston —dijo.

El conductor frunció el ceño.

—¿El basurero de Houston?

Ahí no aceptan reciclables.

—Hoy, sí —dijo el Sr. Astor, abanicándose la cara con la mano—. El Sr. Greenstreet lo arregló todo.

—Si tú lo dices —dijo el conductor. Se volvió a meter en su camión y arrancó—. Hasta luego, Joe.

El Sr. Astor se despidió con la mano. Después, el camión se alejó.

¡SABOTAJE!

Para cuando dejamos de oír el motor del camión, ya se había terminado la hora del almuerzo.

—Muy bien, clase —dijo el Sr. Neff, saliendo de la planta—. Es hora de volver a la escuela.

—Supongo que todo lo bueno llega a su fin —dijo Sam.

Los cuatro nos levantamos de nuestra mesa y botamos los envoltorios al cubo de basura.

Entramos en el edificio para salir por la puerta principal cuando el Sr. Astor se acercó corriendo. Tenía algo en la mano.

—¡Alto! —nos gritó—. ¡No se vayan todavía!

El Sr. Neff se giró. —¿Qué ocurre, Sr. Astor? —preguntó.

El Sr. Astor nos alcanzó y recuperó la respiración. —¡Miren lo que encontró el equipo de mantenimiento en una de las máquinas averiadas! —gritó.

Nos mostró una pelota de béisbol. Estaba muy vieja y desgastada, pero estaba claro que era una pelota de béisbol.

Egg tomó una foto de la pelota.

El Sr. Neff miró al Sr. Astor con el ceño fruncido. —¡Espero que no esté sugiriendo que uno de mis estudiantes tiene algo que ver con las máquinas averiadas! —dijo el Sr. Neff.

—Desde luego que sí —bufó el Sr. Astor—. Esa máquina era una de las pocas que funcionaba antes de que llegaran sus estudiantes.

El Sr. Neff se giró y miró a Anton.

—Andrew —dijo—. ¿Metiste una pelota de béisbol en la máquina?

—¡Me llamo Anton! —contestó el malandrín—. Y no, no lo hice.

Gum se acercó a Anton. —Todos vimos tu pelota de béisbol en el autobús, Anton, —dijo Gum—. ¡Seguro que fuiste tú!

—Dame tu bolsa —le dijo el Sr. Neff a Anton, tomando la bolsa.

Anton miró a su alrededor. —Está bien —dijo. Le dio su mochila al Sr. Neff.

El Sr. Neff la abrió y tomó dos pelotas de béisbol. —¿Dónde está la tercera? —preguntó.

Anton sonrió. —¿La tercera? —preguntó.

—En el autobús me dijiste que tenías tres pelotas de béisbol para el partido después de la escuela —contestó el Sr. Neff—. ¿Dónde está la tercera?

Anton se encogió de hombros. —Tal vez me equivoqué —dijo—. Supongo que solo tenía dos.

—¡Miente! —dijo el Sr. Astor. Mostró la pelota vieja y añadió—: ¡Aquí está la tercera! Ese niño ha saboteado nuestra máquina.

—Cuando volvamos a la escuela vas a tener un gran problema, jovencito —le dijo el Sr. Neff a Anton—. Si no encuentras la tercera pelota, ¡me temo que no hay otra explicación!

¿SIN RESOLVER?

Sam y yo nos miramos.

—No me creo que vayamos a hacer esto —dije.

—Yo tampoco —asintió Sam—. Vamos a ayudar a Anton Gutman a salir del problema.

Los dos movimos la cabeza, pero teníamos que decir la verdad.

—Sr. Neff —dije—, Anton tenía tres pelotas.

—Pero la pelota que tiene el Sr. Astor no es una de ellas —añadió Sam.

—¿Qué? ¿Qué están diciendo? —preguntó el Sr. Neff.

Egg y Gum nos miraron. —Eso —dijo Gum—, ¿qué están diciendo?

—Se lo vamos a demostrar —contesté. Tomé a Sam del brazo. Juntas fuimos a la sala de entrada. El Sr. Neff y el Sr. Astor nos siguieron y el resto de la clase también.

—Se metió ahí —dijo Sam, señalando el escritorio del Sr. Astor.

Me arrodillé cerca del escritorio. Metí la mano por debajo de la mesa, pero no encontré nada. Me agaché y estiré la mano tan lejos como pude. Nada.

—No lo entiendo —dije, poniéndome de pie—. La pelota se metió ahí.

Anton se acercó. —¿No está? —preguntó, mirándome.

Negué con la cabeza.

Sam se arrodilló y buscó debajo del escritorio. —Estoy segura de que se metió ahí —dijo—. ¡Vi cómo rodaba por el piso!

—¡Es verdad! —dijo Anton. Parecía preocupado—. Yo también lo vi.

—Qué raro —dijo Sam. Yo asentí. ¿Cómo podía haber desaparecido?

Anton se dirigió al Sr. Neff. —Se lo prometo, Sr. Neff —dijo—. Esa fue la última vez que vi la tercera pelota.

—¿Qué está pasando aquí? —preguntó el Sr. Neff—. ¿Qué están buscando? —dijo mirándonos a mí y a Sam.

Miré a Sam. Anton no nos caía bien,

pero nosotras no pensábamos acusarlo. No quería decirle al Sr. Neff lo que había hecho Anton con la pelota para que acabara debajo del escritorio.

Miré a Anton, que tragó saliva. Esperé.

—Sr. Neff —dijo por fin Anton—. Sí, tenía otra pelota. Cuando llegamos, la lancé contra la puerta de la oficina del jefe. Después se metió debajo de ese escritorio, como dijeron Cat y Sam.

El Sr. Neff frunció el ceño. —¿Por qué hiciste eso? —le preguntó a Anton.

Anton se encogió de hombros y se miró los pies. Normalmente consigue que nadie descubra sus travesuras. Siempre consigue librarse. Pero esta vez parecía preocupado. —Era una broma —contestó—. Pensé que sería divertido.

—Pues no tiene ninguna gracia —dijo el Sr. Neff, girándose hacia el Sr. Astor—. Yo me encargaré de mis estudiantes, Sr. Astor —dijo—. Pero me temo que cualquiera pudo haber tomado la pelota que perdió Andrew.

—Me llamo Anton —corrigió Anton.

—Eso —dijo el Sr. Neff—. Siento que Anton haya traído esa pelota a la planta, Sr. Astor, pero parece que no tiene nada que ver con el sabotaje.

El Sr. Astor resopló. Estaba cada vez más rojo. —¡Pues alguien ha averiado nuestras máquinas! —dijo enojado, levantando los puños hacia nosotros—. ¡Y pienso descubrir quién fue!

El supervisor se fue dando pisotones, hacia la parte principal de la planta.

El Sr. Neff se giró para mirarnos. Se notaba que estaba decepcionado.

—¿Cree que debemos subir al autobús, Sr. Neff? —preguntó Egg.

El Sr. Neff miró su reloj. —Es antes de la hora —dijo—. Será mejor que llame al conductor para decirle que estamos listos para regresar. Quédense aquí, en la entrada.

Se fue a buscar un teléfono.

—¿Quién creen que saboteó las máquinas? —preguntó Sam.

Gum se frotó la barbilla. —Voy a resolver este misterio —dijo—. Denme un minuto.

Egg miró a su alrededor para asegurarse de que nadie estaba escuchando. Después susurró: —Creo que fue el Sr. Neff.

—¿El Sr. Neff?

—dije prácticamente gritando—.

¿Estás loco?

Egg negó con la cabeza. —No, no estoy loco. ¿Recuerdan lo que dijo en clase? —preguntó.

—¿Que odia los plásticos? —preguntó Sam.

Egg asintió. —Exacto —dijo—. Si la planta de reciclaje deja de funcionar, es posible que la gente deje de usar plásticos. El Sr. Neff dijo que era ilegal que el basurero aceptara material reciclable, así que la gente tendría que usar cosas que se puedan llevar al basurero.

—Quieres decir cosas biodegradables —dije.

—Sí —dijo Egg.

—No sé —dijo Gum—. Hoy el basurero de Houston acepta material reciclable.

—Es cierto —dije.

—A lo mejor lo clasifican ahí y después lo traen a la planta de reciclaje cuando vuelva a abrir, aunque lo dudo —continuó Gum—. Seguro que si la planta de reciclaje se cerrara para siempre, dejaría de ser ilegal llevar plásticos al basurero.

—Al Sr. Neff no le gusta el plástico, pero prefiere que se recicle —añadí.

Egg levantó las manos. —Sigo pensando que fue él —dijo—. Hoy está muy despistado y tiene un motivo: que la planta de reciclaje cierre para que la gente no use plásticos.

—El Sr. Neff siempre es muy despistado —dije—. Eso no es nuevo.

—Yo sigo sin descartar a Anton —dijo Gum—. El hecho de que lanzara la pelota no significa que no la recogiera más tarde.

—La pelota estaba debajo del escritorio del Sr. Astor —señalé—. A lo mejor la encontró.

Justo entonces, el Sr. Neff regresó a la entrada. —Muy bien, chicos —dijo—. El autobús llegará en cualquier momento. Vamos a salir y formar una fila, por favor.

—Supongo que no conseguiremos resolver este misterio —dije muy triste.

—¡Pero tenemos que resolverlo! —dijo Gum mientras nos dirigíamos a la salida—. ¡Siempre resolvemos los misterios!

Sam suspiró. —No tenemos ni una sola pista —dijo—. ¿Cómo lo vamos a resolver?

En ese momento llegó otro camión a la planta.

LA FORTUNA DE HOUSTON

El Sr. Astor salió corriendo. —¡Alto! —gritó al conductor—. No entre con ese camión. La planta no acepta material hoy. Han saboteado las máquinas.

—¿Han saboteado la planta? —preguntó el conductor sorprendido.

El Sr. Astor asintió. —Así es —dijo—. Hasta que no descubramos quién averió las máquinas, todo tiene que ir al basurero de Houston.

—El basurero de Houston... —dije en voz baja—. Me pregunto si...

—¿Qué te preguntas, Cat? —preguntó Sam.

—¡Sr. Astor! —dije corriendo hacia él—. ¿Puedo hacerle una pregunta?

El conductor del camión del reciclaje regresó a su camión. El Sr. Astor me miró y se secó la frente.

—¿Qué quieres, jovencita? —preguntó—. Estoy muy ocupado.

—¿Cómo es que el basurero de Houston acepta el material de reciclaje? —pregunté rápidamente.

—¿A qué otro lugar iría? —contestó—. No puedo aceptarlo en la planta con todas las máquinas averiadas. Y los conductores no pueden dejarlo en sus camiones.

Egg se puso a mi lado. —Pero el Sr. Neff nos dijo que los basureros no pueden aceptar material de reciclaje —añadió.

—Es verdad —dije—. ¡Sería como poner una lata de metal en la pila de abono!

El Sr. Astor miró su reloj. Después echó un vistazo a una ventana que había cerca. Vimos al Sr. Greenstreet, el jefe de la planta, que nos estaba observando.

–No tengo tiempo para quedarme aquí y hablar de esto. Como la planta de reciclaje está cerrada, la ciudad hizo un trato con el basurero –dijo el Sr. Astor.

—¿Qué tipo de trato? —pregunté.

—El basurero de Houston aceptará los reciclables hasta que la planta vuelva a estar en funcionamiento —dijo el Sr. Astor—. La ciudad accedió a que fuera legal otra vez y a pagar el doble de la tarifa normal. ¡El Sr. Houston debe de estar ganando una fortuna hoy! —dijo. Negó con la cabeza y se alejó.

—¿Pagan el doble de la tarifa normal? —preguntó Egg sorprendido.

—Y ya no es ilegal aceptar material de reciclaje —dije—. Creo que ya tenemos el motivo.

Sam y Gum se acercaron a nosotros.

—Tenemos que subir al autobús —dijo Sam.

—Dile al Sr. Neff que espere —dije—. Creo que acabamos de resolver el misterio.

GRACIAS Y ADIÓS

—¡Kit! —dijo el Sr. Neff—. ¡Queso! El autobús tiene que salir ahora. Estamos esperándolos.

Me reí. —¡Es Cat y Egg! —dije—. ¡No Kit y Queso!

—Es imposible recordar esos nombres —dijo el Sr. Neff—. Pero tenemos que subir al autobús ya.

—Deme un minuto, Sr. Neff —dije—. Quiero despedirme y darle las gracias al jefe de la planta.

Entré corriendo en el edificio y toqué a la puerta del Sr. Greenstreet.

—¡No tenemos tiempo parar eso, Gatito! —dijo el Sr. Neff corriendo detrás de mí—. ¡Deja tranquilo al Sr. Arlington!

Egg corrió a mi lado. —¿Qué estás haciendo, Cat? —preguntó—. No creo que el Sr. Greenstreet quiera que lo molesten ahora. Antes parecía muy enojado.

—Creo que el Sr. Neff estuvo cerca cuando dijo Arlington —contesté—. O Dallas o Austin.

—¿Qué? —dijo el Sr. Neff—. ¿De qué habla, Bizcocho? —le preguntó a Egg.

Volví a tocar a la puerta. Por fin, se abrió.

—¿Qué ocurre? —gritó el jefe. Tenía el bigote torcido.

–Siento molestarlo,
Sr. Houston
–dije sonriendo–.

Quería darle las gracias
por dejarnos visitar la planta.

—Está bien —contestó el jefe. Se le movió la barriga—. De nada. Adiós.

—¡Sr. Houston! —gritó de pronto el Sr. Neff—. ¡Sí! Sabía que nos habíamos conocido antes.

—¿Qué? —resopló el jefe—. No, no. Mi apellido es Greensleeves, digo, Greenstreet.

—¡Ajá! —dijo Egg—. Usted es el Sr. Houston, dueño del basurero de Houston.

El Sr. Neff frunció el ceño. —Efectivamente —dijo nuestro maestro—. Nos conocimos en una reunión de la comunidad. ¡Cuando se decidió que era ilegal que su basurero aceptara material de reciclaje!

Miró enojado al señor y añadió: —¡Y su bigote es falso!

El jefe gruñó y estaba a punto de decir algo, pero se metió de nuevo en la oficina y cerró la puerta. Oí cómo cerraba el pestillo desde adentro.

El Sr. Neff me apoyó la mano en el hombro. —Resolviste el caso, Conejo —dijo.

Egg, o debería decir "Queso", y yo nos reímos.

CASO CERRADO

El detective Jones llegó al poco tiempo de que el Sr. Astor llamara a la policía.

—¡Ustedes otra vez, niños! —dijo el detective cuando nos vio a mí, Egg, Gum y Sam—. Creo que pronto tendré que hacerlos detectives honorarios —añadió—. ¿Quién resolvió este caso?

Egg me señaló. —Fue Cat, detective —dijo.

El detective me miró. —¿Cómo lo averiguaste? —preguntó—. ¿Cómo supiste

que el Sr. Greenstreet, el nuevo jefe de la planta, era en realidad el Sr. Houston, el dueño del basurero, disfrazado?

—En realidad, el que se merece el honor es el Sr. Neff —contesté.

—¿Yo? —dijo el Sr. Neff—. ¿Qué hice yo?

—Nunca se acuerda de los nombres —dije—, ¡pero siempre está cerca!

—¿Ah, sí? —dijo el Sr. Neff sonrojándose—. No sabía que hacía eso.

—Sí —dijo Egg—. A mí me llama "Queso" en lugar de "Egg".

—Y a mí "Dulce" en lugar de "Gum" —añadió Gum.

Sam y yo nos reímos. —Así que cuando

llamó al Sr. Greenstreet “Dallas”, “Austin” y “Arlington”...

—¡Tres ciudades de Texas! —señaló Sam.

Yo asentí. —Igual que Houston —concluí—, ¡el nombre del basurero que está ganando mucho dinero porque se averió la maquinaria! Por eso supimos que lo había hecho el Sr. Houston.

El detective asintió lentamente.

—Un trabajo brillante —dijo—. Algún día serán una gran adición al departamento.

El detective llevó al Sr. Houston hasta un auto de policía.

—Otro misterio resuelto —dijo Gum, aplaudiendo.

—Y lo que es más importante —dije, tomando una botella de plástico del suelo—, el Sr. Houston no podrá evitar que esta ciudad recicle.

El Sr. Neff me dio una palmadita en la espalda. —Buen trabajo, Cat —dijo—. ¿O era Perrito?

Los cuatro nos reímos mientras nuestro maestro subía al autobús.

—¿Creen que antes de que termine el curso conseguirá aprenderse los nombres? —preguntó Sam.

—Para nada, Pam —dije—. Imposible.

· Martes, 14 de abril, 20

noticias literarias

¡ESCRITOR MISTERIOSO REVELADO!

▶ SAINT PAUL, MN

Steve Brezenoff vive en St. Paul, Minnesota, con su esposa, Beth, su hijo, Sam, y su oloroso perrito, Harry. Además de escribir libros, le gustan los videojuegos, montar en bicicleta y ayudar a los niños de la escuela intermedia a mejorar sus destrezas de escritura. A Steve le suelen venir casi todas las ideas cuando sueña, así que escribe mejor en pijama.

arte y entretenimiento

ARTISTA DE CALIFORNIA AYUDA A RESOLVER MISTERIO —DICE LA POLICÍA

Hace mucho tiempo, los padres de C. B. Canga descubrieron que un papel y unos crayones hacían maravillas para domar a un dragón intranquilo. Ya no hubo marcha atrás. En 2002, recibió su maestría en ilustración de la Academia de Arte de la Universidad de San Francisco. Trabaja en la Academia de Arte como instructor de dibujo. Vive en California con su esposa, Robyn, y sus tres hijos.

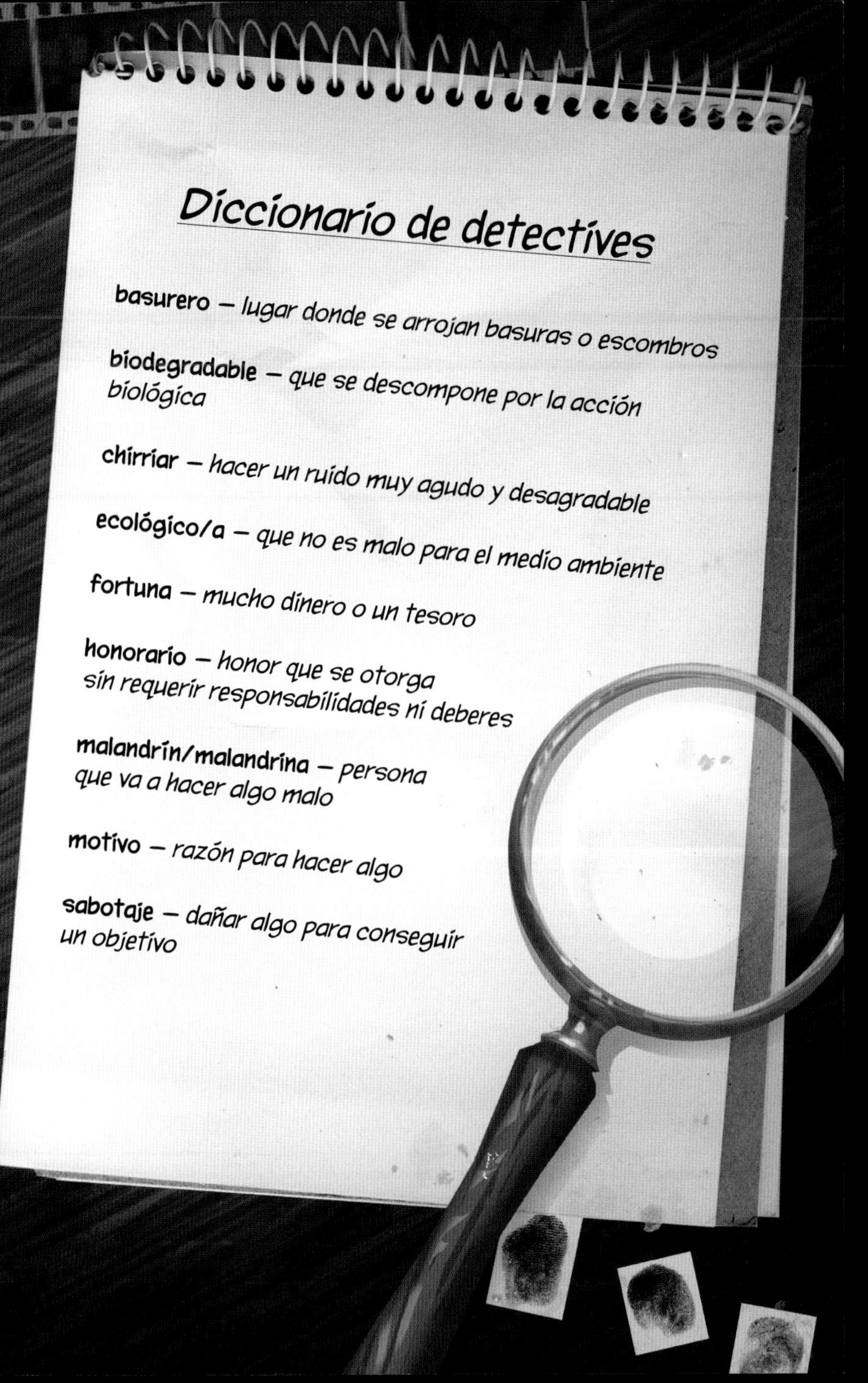

Diccionario de detectives

basurero — *lugar donde se arrojan basuras o escombros*

biodegradable — *que se descompone por la acción biológica*

chirriar — *hacer un ruido muy agudo y desagradable*

ecológico/a — *que no es malo para el medio ambiente*

fortuna — *mucho dinero o un tesoro*

honorario — *honor que se otorga sin requerir responsabilidades ni deberes*

malandrín/malandrina — *persona que va a hacer algo malo*

motivo — *razón para hacer algo*

sabotaje — *dañar algo para conseguir un objetivo*

Catalina Duran
Clase de ciencias del Sr. Neff
16 de septiembre

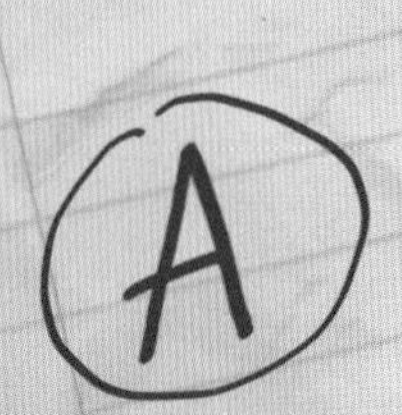

Nombres falsos

El señor que conocimos en la excursión no fue el primero que usó un nombre falso. A lo largo de la historia muchas personas han usado nombres falsos. Algunos lo hacen para esconder su identidad, como el Sr. Houston.

Los nombres falsos no solo se usan para cometer crímenes. Se pueden usar por otras razones. Algunas personas usan nombres falsos porque no les gustan sus nombres verdaderos. Otras personas usan nombres falsos para avanzar en sus carreras.

Algunas personas importantes usan nombres falsos. Por ejemplo, la reina Victoria fue la Reina de Inglaterra de 1837 a 1901. Su verdadero nombre no era Victoria. Se llamaba Alexandria Victoria de Kent.

Muchos escritores usan nombres falsos. Mark Twain es uno de los más famosos de la literatura de Estados Unidos. Su verdadero nombre era Samuel Clemens. El escritor Stephen King publicó libros bajo el nombre de Richard Bachman.

Hoy en día, conocemos a muchas personas que usan nombres falsos. Algunos eligen nombres que suenan mejor o más interesantes. Otros eligen nombres que significan algo para ellos. Casi todas las personas que eligen un nombre nuevo lo hacen porque quieren cambiar de nombre, no porque quieran esconder algo, como el Sr. Houston.

¡Una redacción muy interesante, Catalina! Buen trabajo. —Sr. Neff. (P.D. ¿Sabías que los apodos también son nombres falsos? Eso quiere decir que tú y tus amigos también usan nombres falsos).

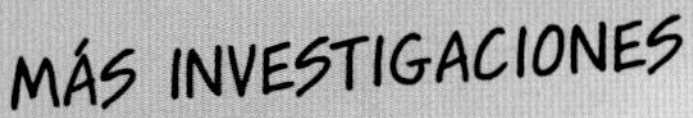

MÁS INVESTIGACIONES

CASO #MDE02CD

1. En este libro, el Sr. Neff llevó a nuestra clase a una excursión a la planta de reciclaje. ¿A qué lugares has ido de excursión? Si pudieras ir a cualquier sitio, ¿a dónde irías?

2. Reciclar es importante para mí por muchas razones. ¿Qué opinas del reciclaje?

3. Gum, Egg, Sam y yo hicimos una lista de sospechosos para resolver el misterio.
Piensa en un misterio en tu escuela o en casa.
Con un grupo de amigos, hagan una lista de sospechosos.
Después, ¡resuelvan el misterio!

EN TU CUADERNO DE DETECTIVE . . .

1. Anton Gutman siempre causa problemas. Escribe sobre alguien que conozcas que cause problemas. ¿Qué hace esa persona para causar problemas?

2. En este libro, el Sr. Houston se disfrazó y usó un nombre falso. Dibújate usando un disfraz. Después elige un nombre falso.

3. Este libro es una historia de misterio. ¡Escribe tu propia historia de misterio!

RESUELVEN CRÍMENES, ATRAPAN LADRONES, DESCIFRAN CÓDIGOS... Y VUELVEN A LA ESCUELA EN AUTOBÚS.

Conoce a Egg, Gum, Sam y Cat, cuatro detectives de sexto grado que son grandes amigos. Cuando van de excursión, siempre encuentran un misterio que resolver...

MISTERIOS DE EXCURSIÓN